ResumenExpress.com

Un apartamento en París

de Guillaume Musso

GUÍA DE LECTURA

Escrita por Marianne Coche
Traducida por Juan Lopez

Un apartamento en París

de Guillaume Musso

Entiende fácilmente la literatura con

ResumenExpress.com

www.ResumenExpress.com

GUILLAUME MUSSO

ESCRITOR FRANCÉS

* **Nació en 1974, en Antibes.**
* **Algunas de sus obras son:**
  * *Y después...* (2004)
  * *La chica de papel* (2010)
  * *La llamada del ángel* (2011)

Nacido en 1974 en Antibes, Guillaume Musso tomó conciencia muy pronto de su vocación de escritor. A los diecinueve años pasó una temporada en Nueva York, que ya le había inspirado muchas ideas para sus novelas. Se licenció en Economía e impartió clases de esta asignatura hasta 2008. En 2004, publicó *Y después...*, *libro que* vendió un millón de ejemplares y se tradujo a veinte idiomas. Los lectores han seguido entusiasmados con cada una de sus novelas, como *Sálvame* (2005), *¿Estarás ahí?* (2006), *Porque te amo* (2007), etc. Hoy es uno de los autores favoritos del público y varias de sus obras han sido adaptadas al cine.

UN APARTAMENTO EN PARÍS

UN THRILLER INESPERADO CON EL TRASFONDO DE UNA BÚSQUEDA INICIÁTICA

- **Género**: Thriller

- **Edición de referencia**: *Un appartement à Paris*, París, Pocket, 2018.

- **1ª edición**: 2017

- **Temas:** Investigación, amor, arte, venganza, maternidad

En parte thriller, en parte historia de madurez, esta novela de Guillaume Musso (2017) narra el inesperado encuentro entre dos personajes a los que todo parece oponerse. Por un lado, Madeline, una expolicía londinense, y por el otro, Gaspard, un reputado dramaturgo estadounidense. Obligados a compartir su vivienda de alquiler en París debido a un error informático, los dos hacen un descubrimiento sobre Sean Lorenz, el antiguo propietario de la casa que alquilan, que los sumergirá en el corazón de una investigación inesperada. Múltiples giros y vueltas los llevará de París a Nueva York, pero también a enfrentarse a sus demonios interiores.

PARÍS Y LOS CUADROS DESAPARECIDOS

Un martes 20 de diciembre, como cada año, el dramaturgo estadounidense Gaspard Coutances llegó al aeropuerto Roissy-Charles-de-Gaulle para pasar un mes aislado en un piso parisino escribiendo su nueva obra.

Madeline Greene, expolicía londinense, llegó a la Estación del Norte en Eurostar y alquiló una casa de vacaciones para rehacer su vida (tras un intento de suicidio), recuperar fuerzas y poder someterse al proceso de fecundación *in vitro* que ha decidido emprender. Para ella, el procedimiento es la última oportunidad que tiene de tener un hijo.

Debido a un error informático, Madeline y Gaspard se ven obligados a compartir la misma casa, el estudio de Sean Lorenz. Lorenz fue un antiguo grafitero neoyorquino que se convirtió en un famoso pintor y que ahora está muerto.

Madeline molesta contacta y conoce a Bernard Bénédick, el galerista encargado de alquilar la casa que heredó de Sean Lorenz -su antiguo amigo artista. Por la forma en que hace las preguntas, Bernard adivina que la joven pertenece a la policía y, al enterarse de que ha trabajado en casos de secuestro y homicidio, la invita a comer. Además de la casa, Sean le ha dejado una caja de cerillas de un restaurante que solía frecuentar, en la que ha inscrito una cita de Apollinaire: "Ya es hora de volver a encender las estrellas". En realidad, se trata de una pista dejada por el pintor para revelar el paradero de sus tres últimos cuadros, que el galerista busca en vano desde la muerte de su amigo. Bernard Bénédick tiene la corazonada de que ella podrá encontrarlos y le confía la misión a Madeline.

Mientras tanto, Gaspard explora la casa y descubre una biografía de Sean Lorenz que le fascina. Perturbado por una música ensordecedora, el dramaturgo acude a casa de su vecina, Pauline Delatour. Conversando con ella se entera de que, efectivamente, Lorenz había vuelto a pintar unos días antes de su muerte. Sin embargo, contrariamente a sus hábitos diurnos, el artista sólo pintaba por la noche.

Esa noche, Madeline y Gaspard comparten durante la cena sus respectivos descubrimientos sobre la vida y la obra de Lorenz. Dos años antes, Béatriz Muñoz, un viejo amigo de Sean, secuestró y confiscó a su esposa Penélope y a su hijo Julián en Nueva York. El secuestro acabó con la muerte del pequeño, sumiendo al pintor en una confusión total y haciéndole volver a sus demonios: el alcohol, las drogas y la medicación. Contra todo pronóstico, comienza a pintar de nuevo algún tiempo antes de su muerte, adormecido por la loca esperanza de que su hijo siga vivo y confirmando así la existencia de los tres cuadros.

El descubrimiento de todos estos elementos marca a Madeline y a Gaspard, hasta el punto en que ambos deciden embarcarse en la búsqueda de los cuadros. Cada uno investiga por su cuenta y solo pueden apoyarse mutuamente durante una comida al día. Sus investigaciones los llevan a conocer a varias personas del entorno del pintor: Penelope Kurkowski, su exesposa, Diane Raphaël, su psiquiatra y amiga, y Jean-Michel Fayol, su vendedor de colores.

Finalmente, Madeline y Gaspard dan el primer paso decisivo en su investigación yendo al restaurante de donde procedía la caja de cerillas. Mientras examinan el mosaico que el pintor había colocado en este lugar que había empezado a frecuentar de nuevo, descubren un código QR cuidadosamente escondido. Este código da acceso a una cita de Oscar Wilde, también referida a las estrellas. Bernard Bénédick les dice que el pequeño Julián estuvo en la Escuela de las Estrellas, así que Madeline y Gaspard van a la escuela. Allí, recordando que el cuadro de Gustave Courbet "*El origen del mundo*" estaba oculto por otro cuadro, Gaspard recorta tres cuadros infantiles tras los que Sean había escondido en realidad sus producciones finales. En la última de ellas, la frase "Julián está vivo" está dibujada con pintura fosforescente y se repite por el lienzo.

NUEVA YORK Y EL PEQUEÑO JULIÁN

Convencida de que el hijo de Sean y Penélope está muerto, Madeline viaja a España para que le extraigan los óvulos.

Por su parte, no satisfecho con este resultado, Gaspard lleva más lejos sus investigaciones. Gracias a los documentos y objetos que descubre entre las pertenencias del pintor, se deja convencer de que el pequeño Julián sigue vivo. Sin embargo, sabiendo que estos elementos no bastarán para convencer a Madeline, Gaspard modifica los registros telefónicos de Sean e imprime un artículo de periódico en el que habla de la obra de la joven policía y en el que destaca ciertos pasajes, con la finalidad de hacerle creer que era a ella a quien el artista quería ver durante su última estancia en Nueva York. A cambio de su promesa de no volver a verle, la joven acepta seguir a Coutances a Estados Unidos.

Tan pronto llegan a Nueva York, Gaspard y Madeline recuperan el gusto por la vida. Él porque encuentra un lugar familiar, y ella porque recupera poco a poco sus instintos de investigadora.

Sus respectivas investigaciones pronto los llevan a descubrir que Adriano Sotomayor, el tercer miembro de los Artificieros -el grupo de grafiteros al que pertenecían Sean y Beatriz-, dista mucho de ser el policía recto que se presentaba a sí mismo. De hecho, el hombre resulta ser responsable no sólo de la muerte de su hermanastro, sino también del secuestro, rapto y asesinato de varios niños pequeños. Estos crímenes formaban parte de un maquiavélico plan para vengarse de su madre, que le había abandonado con un padre maltratador cuando sólo tenía cinco años.

Cuando los extractos bancarios de Adriano muestran gastos en grandes cantidades de comida liofilizada y productos para bebés, los dos investigadores en ciernes tienen la esperanza de encontrar a Julián con vida, aunque no han encontrado nada en la antigua casa de la familia Sotomayor. Tras una nueva discusión, Madeline y Gaspard descubren que el padre de Adriano tenía un barco, mientras ella mira una foto y él mientras habla con un lugareño. Es allí donde finalmente encuentran al pequeño Julián, en estado crítico, pero vivo.

Mientras van de camino para llevarlo al hospital, Gaspard le hace una propuesta a Madeline: devolver al niño a las autoridades y reanudar sus vidas por separado, u ofrecerle a Julián una familia. Madeline opta por la segunda opción. Prenden fuego al barco para deshacerse de todas las pruebas y, tras rehacer los papeles de Julián, los tres se van a vivir a la isla de Snifos en Grecia, donde Gaspard posee un velero.

ESTUDIO DE CARACTERES

MADELINE GREENE

La vida de Madeline Greene es caótica. Primero fue miembro de la brigada criminal de Manchester, que abandonó tras *La llamada del ángel* (2011), caso que la destrozó psicológicamente. Tiempo después se trasladó a París, donde se hizo florista. Allí, gracias a una reunión, la joven consigue hacerse cargo y resolver una investigación. Lo que la lleva a ingresar en los servicios administrativos del programa federal de protección de testigos de Nueva York, donde acaba como asesora de casos cerrados. Al no estar satisfecha con su trabajo y no tener motivos para quedarse en Estados Unidos desde que su novio la dejó para volver a vivir con su mujer y su hijo pequeño, Madeline renuncia y regresa a Inglaterra.

Justo cuando cree que ha curado sus heridas, nuestra joven heroína intenta suicidarse tras ver a su antigua pareja con su hijo. Así pues, para reconstruirse, a finales de año llega a París, donde ha alquilado una casa de vacaciones y ha iniciado un procedimiento de fecundación in vitro. De hecho, ve que el tiempo pasa, no se siente capaz de seguir amando a un hombre y esta intervención parece ser la única opción posible para tener un hijo. Es así como Gaspard Coutances adivina, a partir de su primera discusión real, el deseo de Madeline de tener un hijo, sobre todo, por objeto de colmar un sentimiento de soledad que ella se niega a admitir durante mucho tiempo. "Al descubrir su imagen, Madeline fue presa de un inesperado spleen. Su soledad y su desamparo se le presentaron en toda su crudeza" (p. 304). A pesar de todo, muestra una forma de obstinación casi enfermiza para satisfacer este deseo de maternidad, ya que se impone a sí misma el doloroso proceso de un tratamiento preparatorio que apenas puede soportar y que desea ver terminado lo antes posible. Sin embargo, por otro lado, es incapaz de visualizar a su futuro hijo.

Según el galerista Bernard Bénédick, no parece ser fácil llevarse bien con Madeline, un rasgo que reaparece a menudo en sus relaciones con los demás. Del mismo modo, en lo que respecta a su vida personal, sus reacciones ante el escritor y su antiguo amigo Takumi, que vino a recogerla a su llegada a París, demuestran que no está en paz consigo misma, a pesar de la confianza que muestra. Esto se refleja en su aspecto general, ya que sigue llevando el mismo corte de pelo anticuado y arrastra su vieja cazadora de cuero.

Aunque ya no es policía, las investigaciones sobre las pinturas de Sean Lorenz y Julian despiertan su instinto investigador y la devuelven poco a poco a la vida, en otras palabras, es "la chispa que ha estado esperando todo este tiempo" (p. 408).

GASPARD COUTANCES

Dramaturgo de éxito cuyas obras se representan en todo el mundo. Gaspard Coutances no tiene una vida feliz; es "Canalla, gruñón, sombrío" (p. 298) y soltero empedernido. Lleva una vida ordenada, pues pasa un mes encerrado en París escribiendo su obra anual, seis meses en las Cícladas donde posee un velero y, cuando llega la temporada turística, abandona Grecia para ir a su casa de campo en Montana. No tiene teléfono móvil ni dirección de correo electrónico y utiliza a Karen, su agente, como interfaz con el mundo exterior. El escudo que le permitía vivir a su antojo y mandar a la mierda a todos los demás". (p.297-298). Sin embargo, esto no le impide abandonar intermitentemente su vida de ermitaño para asistir a uno u otro evento cultural. Esta ambivalencia se refleja en su aspecto general, que da la impresión de ser un hombre que se descuida y no el autor culto que es. "Era un OVNI: una especie de caballero misántropo y pesimista, pero que, en la cena, podía resultar un compañero agradable" (p.123).

También es una persona íntegra, incapaz de mentir, pero que aprende mucho de Madeline.

Este carácter hosco se explica probablemente por el doloroso pasado del escritor, marcado por la ausencia de una figura parental provocada por su madre, pues ella quiso privarle a su padre la patria potestad. También tiene que lidiar con su compleja relación con el alcohol, de la que es muy consciente. "A veces amigo, a veces enemigo, el alcohol era el escudo que mantenía a raya sus emociones, la cota de malla que le protegía de la ansiedad, el mejor de los somníferos" (p. 54).

SEAN LORENZ

Aunque este personaje está muerto cuando comienza la historia, su sombra está omnipresente a lo largo de todo el relato, pues siempre se basa en algún elemento de su vida o de su obra.

Antiguo delincuente que pertenecía a los Artificiers, un grupo de grafiteros de Nueva York. Sean Lorenz conoció y se enamoró de una joven francesa, Penelope Kurkowski, en 1992. La siguió a París, donde el galerista Bernard Bénédick, quien se convertiría en su amigo, detectó su talento y lo convirtió en un pintor apreciado.

Aunque sus relaciones, tanto amorosas como amistosas, están salpicadas de altibajos, Lorenz sigue siendo una buena persona. "Era incluso bastante humilde y, aunque estaba obsesionado con su pintura, eso no le impedía interesarse por la gente" (p. 189), no dudando en ayudar económicamente a su marchante de color o en ofrecer un mosaico al restaurante que le gustaba frecuentar. Es el típico ejemplo del artista atormentado que pierde toda su inspiración y sus ganas de pintar tras el esperado nacimiento de su hijo Julián, fuente de inmensa felicidad para él. Su aspecto austero se transforma en presencia de su hijo. Tras la desaparición del pequeño, el pintor sigue profundamente convencido de que sigue vivo, y esta esperanza reaviva su llama artística.

LOS OTROS PERSONAJES

Bernard Bénédick

Fue el galerista que descubrió el talento de Sean Lorenz cuando llegó a París, antes de convertirse en su amigo y en el padrino del pequeño Julián. Es el legatario de los bienes y la casa del artista, y es él quien pone a Madeline tras la pista de los tres cuadros desaparecidos.

Penélope Kurkowski-Lorenz

Es una exmodelo francesa de la que Sean se enamoró en cuanto la vio. La siguió hasta París, donde se casó con ella. Víctima junto a su hijo de la venganza de Beatriz Muñoz, de la que guarda secuelas físicas, es la única testigo del asesinato de Julián.

CLAVES DE LECTURA

UN THRILLER MÚLTIPLE

El género literario del thriller se caracteriza por un suspense omnipresente, numerosos giros y tensión. Todos estos elementos están presentes en esta historia, cuyo desenlace sigue siendo imprevisible hasta el final.

Al principio de la historia, *Un apartamento en París* se presenta como una comedia romántica clásica en la que dos personajes enfrentados se ven obligados a vivir juntos. Pero muy pronto, la novela adquiere el carácter de una investigación policial para encontrar los tres hipotéticos últimos cuadros que Sean Lorenz pintó antes de morir. Aunque el descubrimiento de las obras cierra la investigación llevada a cabo por Madeline y Gaspard, conduce a un nuevo e inesperado enigma: el pequeño Julián, a quien su madre Penélope afirma haber visto asesinado ante sus ojos, pero que sigue vivo según el pintor. ¿Se trata de una hipótesis plausible o de las divagaciones de un padre desesperado y maltratado? La duda persiste durante mucho tiempo para nuestros dos héroes.

La investigación para encontrar a Julián también da muchas vueltas. Al principio, Gaspard está sinceramente convencido, al igual que Sean, de que encontrarán vivo al niño, ya que nunca se ha descubierto su cadáver. Sin embargo, la muerte de Adriano Sotomayor, el secuestrador, convence a Madeline y Gaspard de que Julián está muerto. Inesperadamente, las pruebas descubiertas al examinar las frecuentes compras de Adriano les dan esperanzas de que el hijo de Sean y Penélope esté vivo. Sin embargo, cuando finalmente consiguen localizarlo, el descubrimiento del cuerpo sin vida de Bianca, la madre de Adriano que estaba encerrada con el niño, les hace temer lo peor antes de un inesperado final feliz.

A la investigación de la desaparición del hijo de Sean y Penélope se añade una tercera trama en forma de caso sin resolver en varias fases. Los dos investigadores cuestionan primero la verdadera personalidad de Adriano Sotomayor. Entonces, se ponen manos a la obra para resolver el caso del "Rey Aliso" y entender qué le ocurrió realmente al pequeño Julián. Estos descubrimientos ayudan a explicar la muerte de Rubén Sotomayor, hermanastro de Adriano, la desaparición de su madre Bianca y el secuestro y asesinato de varios niños pequeños.

Resolver estos múltiples enigmas es un paso obligado para nuestros personajes en su investigación sobre Julián Lorenz, pero tiene la particularidad de hacer avanzar la investigación al tiempo que la ralentiza, lo que ayuda a mantener el suspenso en la trama.

Por último, la alternancia de enfoque entre Madeline y Gaspard es otro recurso que mantiene el suspenso, al romper el ritmo de la historia y multiplicar los giros, ya que los descubrimientos los hace unas veces uno y otras el otro.

UNA HISTORIA DE INICIACIÓN

Aunque *Un apartamento en París* tiene todas las características de un thriller, también es una historia de iniciación para los dos personajes principales, Madeline Greene y Gaspard Coutances.

En efecto, observamos una profunda transformación de sus personalidades, asociada al descubrimiento de nuevos valores; amor y familia para Gaspard, y familia para Madeline. Esta transformación se producirá paulatinamente a través de la investigación que los dos héroes llevarán a cabo para tratar de encontrar las últimas pinturas de Sean Lorenz y, posteriormente, de su hijo Julián.

"Sin admitirlo ante sí mismos, Madeline y Gaspard se aferraron a la loca creencia de que estos secretos les entregarían una verdad, pues, al buscar estas pinturas, era también una parte de sí mismos lo que estaban rastreando" (p.178). Al principio de la novela, Madeline intenta suicidarse después de ver a su expareja con su bebé, el hijo que le hubiera gustado tener con él. Como sobrevivió gracias a la intervención de su mejor amiga en el último momento, su edad y la falta de una relación seria la llevaron a realizar un proceso de fecundación *in vitro*. Decidida a rehacer su vida -éste es el motivo de su estancia en París-, sueña con una familia, pero no prevé que un hombre forme parte de ella, porque "su corazón ya no tenía fuerzas para amar" (p. 141).

Misántropo y tecnofóbico, Gaspard ha rechazado cualquier proyecto de formar una familia. De hecho, ¿por qué iba a infligir voluntariamente a un niño que no pidió nacer en un mundo así? El escritor no tuvo una infancia feliz, pues su madre le impedía ver a su padre -al que sí consiguió conocer con la ayuda de la niñera- y éste acabó ahorcándose tras ser detenido mientras luchaba por recuperar su patria potestad.

Aunque su investigación conjunta sobre las tres últimas obras del pintor Sean Lorenz les ha enseñado a comunicarse entre sí desde su primer y tormentoso encuentro en París, es su marcha a Nueva York y la investigación sobre el pequeño Julián lo que realmente marca el primer trastorno en la vida de los dos protagonistas.

Un primer paso en la evolución del personaje de Gaspard se da cuando éste intenta retener a Madeline mientras se prepara para volar a Madrid, donde va a comenzar su procedimiento de fecundación *in vitro*. Él, que no quiere tener un hijo, es el primero en convencerse de que el pequeño Julian está vivo y sano, y toma la iniciativa en este empeño. Este cambio también se expresa físicamente tal y como lo percibe Karen, su agente. "Te has afeitado, ya no llevas gafas, vistes de traje y hueles a lavanda" (p.300).

Pero el verdadero choque, el punto de no retorno, tiene lugar en Nueva York, en el mismo momento en que Gaspard coge en brazos al pequeño Julián y éste le pregunta si es su padre. Tras una breve vacilación, el dramaturgo responde finalmente de forma afirmativa. Y así, atrapado en un atasco de camino al hospital, Gaspard vuelve a intentarlo, intuyendo que él y Madeline han llegado a un punto crucial en su historia: pueden devolver al pequeño Julián a las autoridades y seguir caminos separados, o pueden formar una familia y dar un hogar al niño maltratado.

Esta propuesta del escritor provoca un profundo trastorno en la exmujer policía. Reconociendo su propia fragilidad y aceptándola finalmente, opta por esta vida familiar y de pareja que había decidido rechazar por miedo a volver a amar y sufrir.

Este es el comienzo de una nueva vida para este trío.

Sin saberlo, como se cuenta en el epílogo, Julián se convierte en el factor de una profunda transformación para Madeline y Gaspard, lenta o rápida según el personaje.

"Para Madeline, para mí, para ti, el comienzo de una nueva existencia. Un verdadero renacimiento." (p.531).

LA IMPORTANCIA DEL PROCESO ARTÍSTICO

"El arte es como el fuego, nace de lo que quema. – Jean-Luc Godard (p.181)

El arte está omnipresente en esta historia, al igual que el proceso artístico, que, según los elementos presentados por Musso, sólo puede surgir del sufrimiento. El personaje de Sean Lorenz se presenta como el arquetipo del artista torturado.

Una infancia infeliz parece ser un denominador común entre Sean y Gaspard. El primero nunca fue reconocido por su padre. Fue expulsado de la escuela, cayó en la delincuencia menor y se unió a un grupo de *tagging* al final de su adolescencia, cuando tenía una "apariencia juvenil, pero un rostro que ya era problemático" (p. 72). Al segundo, su madre le impidió ver a su padre. Sólo con la complicidad de su niñera, Gaspard consigue encontrarse episódicamente con su padre, hasta que un día menciona inadvertidamente que fueron juntos al cine. Sin quererlo, condena a su padre a la pérdida de la patria potestad y al suicidio, tras ser detenido por la policía cuando quería luchar por seguir viendo a su hijo.

Este sufrimiento alimenta la productividad de Coutances, que cada año, en Navidad, se inflige un mes de escritura solitaria en París, ciudad ligada a su infeliz infancia en la que se vio privado de su padre. Es lo que él mismo describe como "una técnica de escritura en un entorno hostil" (p. 27). A diferencia de Sean Lorenz, el dramaturgo es consciente del impacto de su infelicidad en su creación; es realista sobre su problema con el alcohol. La soledad, la insatisfacción y la tristeza le permiten escribir algo que su agente, Karen, comprende muy bien. Es por ello que le deja llevar este tipo de vida.

En cuanto a Sean, el sufrimiento es un amigo constante. Encuentra inspiración en su tumultuosa relación con Penélope. Ella actúa como su musa. Ha pintado veintiún retratos de ella, pero no sin poner en peligro su cordura. La exmodelo afirma estar agotada y describe el cuadro de su exmarido como un "caníbal" que "te mata para poder existir" (p. 194). El psiquiatra de Sean confirma esta opinión: "El viejo principio de la destrucción creativa. Para construir una obra como la suya, quizá era inevitable que Sean se destruyera a sí mismo y a los demás". (p. 169).

Además, Sean también aplicó esta destrucción a su propio trabajo. Perfeccionista -o eternamente insatisfecho-, no dudaba en destruir toda su obra. "Cuando no estaba satisfecho con un cuadro, Lorenz lo quemaba inmediatamente. Entre 1999 y 2013 pintó más de dos mil lienzos, casi todos destruidos. Sólo unos cuarenta cuadros escapan a su feroz juicio." (p. 84).

Esta teoría del artista infeliz se confirma con el nacimiento del hijo de Sean. Tras haber esperado a este hijo durante diez largos años, el artista se llena de alegría cuando por fin llega Julián, aunque este nacimiento coincide con una esterilidad artística que durará tres años. En efecto, como dijo el agente de Coutances: "La felicidad es agradable para vivir, pero no es muy buena para la creación". ¿Conoce a algún artista que sea feliz? Este impedimento artístico a la felicidad también invade a Gaspard, que decide dejar de escribir a pesar de tener sentimientos incipientes por Madeline.

Cuando su hijo desaparece, el dolor parece ser demasiado fuerte para ser sublimado en la creación artística. Lorenz deja de pintar por completo y vuelve a caer "en sus viejos demonios: drogas, alcohol, pastillas" (p. 89). Sólo la loca esperanza de encontrar a su hijo con vida,

tras sus experiencias cercanas a la muerte, le da fuerzas para volver a pintar. La frágil pero viva esperanza,
teñida de una inmensa incertidumbre, se convierte en
el terreno fértil de un nuevo periodo artístico.

VÍAS DE REFLEXIÓN

ALGUNAS PREGUNTAS PARA SEGUIR REFLEXIONANDO...

- "París es siempre una buena idea" (p. 25). ¿Cómo y a qué personajes se puede aplicar esta cita de Audrey Hepburn?

- "Mamá, mira, estoy volando." ¿Qué papel desempeña esta frase al principio y al final de la novela?

- La novela de Musso podría describirse como una "narración gigogne". Explique por qué y sus efectos.

- ¿Es Gaspard realmente el misántropo que creemos que es? ¿Y Madeline?

- ¿Cómo explica la reacción de Madeline cuando Gaspard le pregunta si quiere un hijo para sentirse realizada y completa?

- La cuestión de la paternidad es una parte importante de esta historia. ¿Cuál es su función?

- "Soy profundamente optimista con respecto a nada en absoluto" (p.117). ¿Qué personaje(s) podría(n) haber pronunciado también esta frase de Francis Bacon? ¿Por qué o por qué no?

- Explique la función de los cuatro capítulos siguientes: "Gaspard", "Penélope" (dos veces) y "Bianca"... ¿Qué aportan a la redacción del resto de la historia?

PARA IR MÁS ALLÁ

EDICIÓN DE REFERENCIA

MUSSO G., *Un apartamento en París*, París, Bolsillo, 2018.

ResumenExpress.com

Muchas más guías para descubrir tu pasión por la literatura

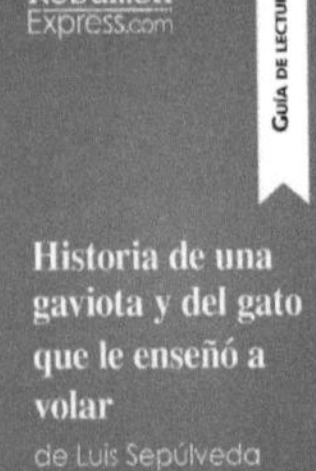

www.ResumenExpress.com

ISBN ebook: 9782808687287
ISBN papel: 9782808698689
Depósito legal: D/2023/12603/1148

Cubierta: © Primento
Libro realizado por Primento, el socio digital de los editores